최중기 여섯 번째 시집

물 묵턱 여울목에서
삶을 헹구며

한누리미디어

국립중앙도서관 출판시도서목록(CIP)

물목턱 여울목에서 삶을 헹구며 : 최중기 여섯 번째 시집 /지은
이 : 최중기. -- 서울 : 한누리미디어, 2017
  p. ;   cm

ISBN 978-89-7969-734-6 03810 : ₩10000

한국 현대시 [韓國現代詩]

811.7-KDC6
895.715-DDC23   CIP2017000881

벽시계

사래 긴
세월 자락
감긴 얼레 풀어내며

재각 재각
가위질
싹둑 싹둑 열두 동강

때마다
줄어드는
허허로운 삶의 길이

차례 Contents

최중기 여섯 번째 시집

제2부

9

차례 Contents

제 3 부

10

제 4 부

11

차례 Contents

제 5 부

12

제 6 부

13

제1부

물목턱 여울목 삶을 헹구며

오래 묵은
자갈밭
일궈내는 황소몰이

쟁기발에
차일까 봐
촌부의 조막손에
굴러 닳은
강자락

골을 누비던
강바람 따라
물목턱 여울목에
물방석 자리 깔고

응어리진
세월 매듭 헹구며
파란 꿈 꿈꾸는
희망 가득
조약돌

| 최중기 여섯 번째 시집

안개

구름자락
한 점 노을
풀어내 헤쳐가며

물빛 띄고
줄줄이
누비는 골안개

은빛결로
두른 둘레

솜털보다
보드라운
하늘하늘 은빛자락

부챗살
부채 펴고

산행길
사고 우려
산신제를 지내는가

향수

바람든
청무처럼
가슴에도 바람 숭숭

무서리
성근 밤
소름조차 애달파도

참아내며
견딘 연대(年代)
기억조차 싫더라만

어쩌겠나
겨운 짐
지난날의 야윈 운명

산꿩이
울어 날고
메기 웃음 자자하던

지금은
타지에서
그려보는 그리움인 걸

최중기 여섯 번째 시집

홍매화

소망 가득
꽃망울
꽃샘바람 바람막

이윽고
벙글어
지펴 타는 꽃불춤

시린 삶
녹여내는
가지마다 붉은 등불

19

매미

맴
매—앰
바람몰이 매미울음

찜통더위
치는 목청
바람 일궈 씻는 여름

가락 가득
두루두루
두고 가는 아쉬움에

슬피 우는
이승 끝

힘조차
나약한 마지막
몸부림이던가

20

까치밥 · 1

한여름
달궈 익힌
눈에 삼삼 감기는

입맛 돋는
붉은 감
무서리 겨워 따버린

앙상한
가지 끝
상채기만 남기고

누대로
내린
나눔 정

달랑 하나
까치밥
곱상한 맘씨렸다

목련

심은 지가
여러 해

삼동(三冬)을
견딘 고뇌

꽃으로
피워 올려

하얀 모시
꽃무늬
곱디고운 맵시여

이참에
오는 봄
마중하는가

라면

이글이글
불꽃춤

둥근 몸매
풀어지는
하늘하늘 라면 가락

계란 풀어
두루 두루
익어가는 둘레 맛

그리움이
보글 보글

소리 귀

솔솔 소리는
지난해 이울다 간
낙엽의 아쉬운 소리

졸졸
물소리는
세월자락 헹구며

골을
후비고

모두가
초록 숲
타는 비파 고운 가락

쫑긋
세운 소리 귀

24

연

바람 타고
요동치며
오르는 하늘가

눈빛으로
얼레 풀어
연줄 따라 띄우면

허공의
끝자락
하늘문 두드린다

25

담배

타는 허무
다독이는
심심초 연기꽃

피어오르는
한 송이가
고단한 삶을 위로하듯

오르는
연기꽃
몰몰 우러러

기워 포갠
시구(詩句)의
화두 한 자락

차창 밖 풍경

빈 벌판
휘어잡고
사래 풀듯 지나는

듬성듬성
초가집들
쏜살같이 달아난다

차가운
서릿발
언뜻언뜻 스치는

차창 밖
면전에는
널브러진 들녘 한 켜

구도의 길

면벽좌선
수행정진

가도 가도
끝이 없는
인개 짙은 견성의 길

온갖 잡념
뱅뱅 돌고

번뇌 망상
겨운 짐
지고 가는 구도의 길

| 최중기 여섯 번째 시집

강물

천년 인고
이어 흘러
거친 풍상 옛 물 자락

흘러
닿아
물꼬 트고

돌 틈 사이
둥지 튼
이끼 빛 보듬는다

돌부리
부딪쳐도
나직이 사려가며

한 줄 음계
수심(水心) 담아
잔잔한 맑은 가락

국화

초록 숲
물질하던
하늬바람 지난 뒤

잦아드는
무서리에
피워 올린 국화향

막힘없이
쏟아내는
황홀한 가을 여심(女心)

│ 최중기 여섯 번째 시집

산중여일

고요 깨는
산중가락
골안 가득 귀가 솟고

소리깃에
뜨는 큰 눈
지천이 선경일세

솟는
시감
긁어모아

풍월 한 수
읊는 물길

자전거여행

빛살이
부서지는
가을산을 가로질러

콧대 낮춰
트인 길
바람도 산도 강도

감아도는
페달 따라
가까워지는

끝이
보이는
끝자락

제2부

한탄강

하도 많은
상채기
다독거려 잠재우고

애끓는
한의 노래
물소리로 거듭나

물질하던
물총새
울어 나는

그리움이
여울지는
어머니 강이다

34

달밤
― 촌락의 저녁서정

풀벌레
소리 잦고
황소의 덕목 같은

요령소리
뒤란 가득
촌락의 저녁서정

망월은
고향 같아

그리움이
술술 피는
타지의 밤이거늘

35

시향(詩香)

손 끝에
묻은 시혼
나직이 눈을 뜨고

찾아 찾아
고이 뿌린
이랑 가득 소리 운(韻)

시향 나락
차고 넘어
문향꽃 피어난다

36

죽(竹)을 치며

자유로운
물파 기행
깨치는 오묘함에

붓길 속에
길을 찾아
일필휘지 농담 터치

푸른 빛
일색인
대쪽 같은 선비정신

문향 뜨락
― 고석정

빛이랑
사려가며
올올마다 도는 구름

달빛 방석
노을 고와

풍월 한 수
시로 엮어
즐기던 문향 뜨락

이태백의
맑은 시혼
달빛 품에 묻어둔

천년 학
도는 뜨락

물굽이 도리치듯
꽃구름도 둥둥 뜨네

38

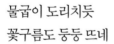

사랑의 가위손
— 요양원에서

달에 한 번
열리는
미용봉사 내방 날

이마까지
흘러 넘쳐
숲을 이룬 머리에

이랑 누벼
보듬는
사랑의 가위손

지나는 길섶마다
새로 맞이 단장한
훤한 이마 새 모습

가위손이
터뜨린
잔잔한 미소가…

황소의 하루 시작

매화 같은
눈맵시
봄눈 트듯 벙글고

동녘 하늘
부챗살
부시는 마당가

볏짚 방석
자리 펴고

아침 햇살
받으러
벗어난 마구간

푸른 하늘
곳곳에
조각구름 띄워 놓고

새김질
아침 뜨락
여유로운 하루 시작

노송의 노령미

천년 노송
나이금
옹이에다 새겨놓고

노화에
솔잎 숭숭
성글어도 짙은 머리

세월로
익힌
각질 피부

가지 사이
깊은 허방(虛房)
딱따구리 살림집

불개미도
집을 짓는
연륜 울궈 익힌

곱디곱게
늙어지는
노송의 노령미(老齡美)

생일상

매년 한 번
소반 위
짭짜름한 소금기

풍기는
갯내음
갈매기도 기웃기웃

듬성 듬성
바위섬
유영하는 햇미역

미역국도
한 그릇에
나이금을 그으며

삶의 무게
걸머진
슬픈 생이 지나간다

| 최중기 여섯 번째 시집

촌부의 소망

담담한
염원으로
고이 뿌린 희망 하나

촌로의 손길로
싹이 터 익을 쯤
보릿고개 넘기고

연신 푸른 들녘에
황금빛 알알이
익어갈 때

우리네
소망도
영글어 간다는…

43

약초 캐는 산시인

눈을 뜨면
고여 닿는
겹겹이 푸른 산

비구름이
품다 버린
산정을 도는 구름

지척에
옹달샘
쉼 없이 졸졸졸

맑은 여운
곱디곱고

산초 잎
향기 따라
시혼을 사리는

약초 캐는
산시인
산이 좋아 산다네

| 최중기 여섯 번째 시집

모교의 추억

기억조차
겨워도
돌이켜 보면 그리워

교목(校木)
푸른 노송
들락날락 천년 학
때도 없이
울어 날고

물빛도
맑았어라
솔잎결
고운 때깔

우물 대신
실개천
엎드려 물켜고

되돌려 본
그 시절
그리움이 치는 가슴

염색

흰 머리
듬성듬성
연륜을 암시하고

빛바랜 올올
빗질에
검은 빛 돌아

거울과 맞선 보니
윤기 자르르
젊음다운 회춘이다

꿈꾸던
팔팔
건강한 삶

희망이
열리는
백세 시대다

우보천리(牛步千里)

침묵으로
굳힌 입
보살행으로 푸는지

삶의 힘
겨워도
느림느림의 우보천리

전생의 짐
벗고자
몰입하는 구도의 삶

일부림
서러워도
되새김질로 삭혀내고…

봄길 여는 쟁기질

긴 하품
기지개
풀어놓은 입김

서려 기운
봄안개
산새들 울어 날고

이랴
이랴
소몰이

봄길 트는
쟁기질

주름이마

소리 없이
가는 세월
어느 누가 잡을쏘냐

숙명처럼
받아야 하는
어쩔 수 없는 나이금

이마의 땀방울도
주름 골(谷)로
스며들고

황혼길에 남는 것은
삶의 흔적
주름이마

농심 · 1

오뉴월
보릿고개
첫째 관문
삶의 고개

밀기울
감자톨
삼시 세 끼 주식이다

한 줌 흙
꿈을 싣고
수대로 내린 영토

운명처럼
지키고자
손 안에 땀을 쥐고

거름통에 삭힌 내음
향이라 여기고
척박한 땅
일궈내며

50

가꾼 만큼 돌려주는
흙의 진실 믿으며
그저 그렇게 살라 한다

51

제3부

수매장에서

술렁이는 수매가
거둬들인 추수 물(物)
풍년들면 폭락 시름

긁어모아
채워 봐도
차지 않는 통장수치

쌓인 겹겹
시름만이
촌부의 주름이마

이게 어디
한두 핸가

언제나 그랬듯이
체념으로 툭툭 털고

다음해 기약하는
여유로운
촌부의 꿈

54

솔바람의 물래질

솔잎 숲
차고든
선학 한 쌍

솔바람
불러들여
사려내는 물래질

올올마다
묻어나는
가락 고운 솔잎결

대낮
졸음 털고
깃을 펴는 송홧가루

춘궁기

무서리
성근 밤
소름마저 애닯더니

바람든 청무처럼
가슴에도 숭숭숭
허풍(虛風)이
가득차고

가난을
물질하던
보릿고개 넘을 때는

돌복숭아
신맛도
허기엔 약이더라

어쩌겠나
그런대로
물소리 가락 따라
홍으로 견딘 연대(年代)

산중풍월

쇠울음
소리 털고
훌쩍 온 산중계곡

보드라운
솔바람
가슴 여는 뒤안길

이렇듯
이태백도
술독 지고 찾았던가

병뚜껑
갈피 열고
홀짝홀짝 취기에

유난히
오늘 따라
해도 짧아

샛강 물목 봄문 열고

잔설 녹고
얼음 풀린
세월 풀어 헹구는

샛강
물목
봄문 열고

허기짓는
끝동 머리
삼동(三冬) 깬 마늘밭

먹을 물도
보내주고
초록 물빛 건져 올려

이 산 저 산
골골마다
푸른 싹도 틔우란다

꽃 멀리하는 벌

밟고 선
산마루
봄을 뿌렸는가

여기저기
여린 싹
툭툭툭 치민다

꽃샘바람 들녘
녹녹하게
봄물 들어

꽃가루
따던 벌
꽃 멀리 하는지

꽃술에
머리 묻고
꽃 부림에 손발 떤다

봄의 서기

사운대는
산허리
후미진 골짜기

흘러 찬
고요에도
훈풍이 솔솔 피고

빛길 친 빛발에
땀을 줄줄 흘리는
잔설의 몸부림

물오르는
끝동 머리
출렁이는 신록의 꿈

벙그는 봄의 서기
날을 세워
만리향도 피울 듯

버들가지

고요를
다독이는
신록의 고른 숨결

골을
타고
흐르고

곳곳
꽃무리
감기는 맑은 빛

물바람에
깃을 터는
하늘하늘 버들가지

연곡천 명주골

연곡천
명주골
허난설헌의 맑은 시심

동해 잇는
새벽 줄기

천년 운(韻)
맑은 계곡
굽이굽이 누벼가며

풀고 잇는
해동의
맑은 여울

뜨락에도 새봄이

빛이 내린
정원 뜨락
홀씨 같은 작은 꿈

새싹으로 거듭나
별빛 지나
한 줌 바람

밤새
이슬
살살 털고

빛살 이는
뜨락에
새봄맞이 새아침

봄비

뜨락 양지
내린 봄비

추스르며
일어서는
파릇파릇 초록잎

조촐한
봄맞이

파란 잎
끝동 머리
여린 물빛

포롬한
운치로
신록의 푸른 숨결

진정
봄은
봄비로부터 오는가

오는 봄

주름진
뭉게구름
가슴 열고 햇살 뿌려

기워진
아지랑이
감아 도는 산허리

산새들의
깃깃에
여울 따라 오는 봄

꽃불 봄동산

시름 털던
두견새
불씨 당겼다

봄의 열기
타는 꽃불

꽃바람 부채질에
기질린 꽃망울

긴급출동
진화작업
잠자리도 맹물 키고

꽃샘바람도 꼬리 잡혀
몸부림

꽃가루 따던 벌나비
품어 안고 벌벌 떤다

타는 꽃불
봄동산
멈춤 없는 꽃불 산

| 최중기 여섯 번째 시집

아버지의 지게

지게목
등받이에

깊게 배인
보릿고개
가난타령

한세상
삶의 언덕 넘나들며
시름겨워 달래던

지게장단
콧노래
묻어나는 그리움

노송

초록의 그리움
짙게 밴
성근 가지

솔잎 숭숭
한 점 바람
솔솔 이는 가지마다

한세상
견딘 고뇌
시름 피던 곰방대 같은

연륜의
옹이백이
쇠잔한 몰골

각질 피부
더덕더덕
피어난 마름버짐

어쩌면
먼 길 떠난
할아버지의 초상화

최중기 여섯 번째 시집

대원농장

눈길 함께
주고 가며
마주하는 호미질에

마음 시로
나누며
일구어 다독이는

한 이웃
두루 둘레
공동체다

가꿔가는
푸른 꿈 싹이 터
자라나는
초록 잎

믿음 가는
누리 둘레
잠든 정도 일깨운다

돌아오는 부메랑

솔잎자락
깃을 세워
솔바람도 부추기고

송홧가루
산란기
터트리는 산정에서

목청 속
야호소리
고요를 흔들어 놓고

님 그려
속울음
게워내는 산새소리

메아리로
거듭나
돌아오는 부메랑

오월의 마음밭

모란꽃이
피는 뜨락
오월이 가득하고

새켠
마음밭
시운(詩韻)이 솟아올라

문향(文香) 속
꽃이고자
향을 익힌 꽃고을

선비 꿈
피는 자락
오월의 마음밭

제4부

봄바람

여울 건너
오는 바람
초록 봄빛 품고 와

가지마다
걸어놓고
산빛도 긁어모아

이 산 저 산
골골마다
풀어놓는
봄바람

부메랑

짝 잃은
갈매기
맥 빠진 날갯죽지

들물 날물
등을 타고
까욱까욱 질러대도

넓은 바다
어느 곳
물섬처럼 잠들었는가

파도소리
타고 넘어
돌아오는 메아리뿐

쑥을 캐며

훈풍은
오다가
잔설에 발길 멎고

쑥은
아직 시려
호호 불어 녹이는데

쑥내음 솔솔
허기진 배,
후벼대고

보릿고개
맺힌 가난
쑥을 캐며 달랜다

| 최중기 여섯 번째 시집

소리개

봄이
움트는
숲여울

가난이
묻어나는
쑥내음이

솔솔 피는
언던 위를
틀어쥐고

빙빙 도는
허(虛)진
소리개

연못

선향(禪香)
이는
푸른 선밭

선운(禪韻)이
감도는
연잎 숲속 곳곳마다

꽃물결
사운대는
연꽃 향 가득하고

싱그런
연잎 깃에
감아도는 선정 뜨락

불심 가득
수중(水中) 선방

핸드폰

그리움이
도지면
문자를 짚어가며

쪼아내는
손끝 부리

귀가 솟고
눈을 뜨는
큐피트 같은 정겨움

기다림에 허기진
갈증 달래주는
꿀 같은 보약이다

토끼몰이

몰이로
쫓다가
타고난 뒷다리

높은 고개
주름접어
단숨에 치닫는

따를 수 없는
뜀박질
산정 끝 바위틈

소리귀
쫑긋 세워
힐끗 보며 놀리듯

'애롱'
굴로 쏙
맥빠진 안주 꿈

꿈꾸다 만
토끼몰이

새해맞이

— 각설이 한 마당

상구머리
발맞춰
가락 울려 한 마당

한 해 거둔
보람일랑
한 줌 주소 깨갱깽

산 넘어
구석구석
갈 곳은 다 갔소
깨갱깽 깨갱깽

한 줌 적선
두 줌 되는
오는 해 풍년기약
깨갱깽 깨갱깽

다음은
어디서
웃음 피는 장단 칠까
깨갱깽 깨갱깽

목어

절집
처마 끝
목어 한 마리

가을 산사
처마 끝
뱅글뱅글 선음가락

때깔
고운 지느러미
선광이 반짝이고

가을산
헤엄치는
절집 서정이다

시줏돈

각박한
세상살이
약삭빠른 중생들

소원성취
비는 만큼

펄럭이는
촛불 앞에
얄팍한 시줏돈

비웃듯
씩 웃는
부처님의 쓴웃음

83

연등

산사 뜨락
소원성취
줄줄이 등을 걸어

주렁주렁
염원이랑

돌던 탑
잠시 멈춘
게송 읊던 산중 바람

살짝
살짝 흔들어
둥근 불심 무게 가늠

옛 절터

긴 세월
흔적인 양
잡초만 무성한

기왓장
군데군데
박혀 있는 뜨락은

옛 스님
장삼자락
미련인가 못내 벗듯

층층 틈새
돌 틈 사이
이끼 빛만 파랗다

연밭

잠든
불심
깨치고자

수선에 든
연잎나래
잎잎마다 염송 운(韻)

수행정진
연밭 도랑
불심 일궈내는 연밭

선에
든
원앙 한 쌍

익어가는 고추

찬이슬
걷어내고
빗길 치는 아침햇살

텃밭이랑
고추 잎에
이슬자리 차고 들어

주렁주렁
고추 열매
불 지펴 코끝부터

달궈내는
햇빛이랑

대보름

푸른 솔
머리 위로
망월이 떠오르고

정을 비벼
나누는
소반 위 오곡밥

삶에 매인
일상에
웃음꽃 활짝 피고

던져 치는
윷가락
오는 해 풍년 기약

조무래기 모여들어
달아달아 밝은 달아
가락 실어 띄우며

88

멍멍이도
꼬리친다

다리춤을 추는가

고향은
먼 산 아래—
여기도 달은 떴네

감기몸살

약한 몸
이럴 때
지근(至近)한 벗인 듯

콜록콜록
고뿔 감기

고뿔코
속 후비듯
에취에취 재채기에

포개진
오한(汚寒)

삭신까지
쑤서대는
씨눈 없는 열꽃도…

농심 · 2

누대로 가꿔온
만년세세
천직인 듯

땡볕 쏘는
들녘에
한여름을 거머쥔

촌부의 그을린
오뉴월 구슬땀
흥건한 주름이마

땀만큼
얻는 수확
천심이 농심이라

천명처럼
여기며
겨운 시름 달래 본다

물목턱 여울목에서 삶을 헹구며

가을산 행락객

초록 숲
잎깃에
색색 물이 들고

배꼽 길
굽이 돌아
나들목 길목턱

너부러진
길섶가
가을산의 풍광들

가던 길
멈추고
눌러대는 행락객

이제 그만
가야 하는
아쉬움도 길러라만…

제5부

가랑 한 잎

비 젖고
볕에 쬐어
저리 고운 단풍잎

다채색
물감 풀어

야물게
물들더니
된서리 허(虛)진 고엽

골 깊은
주름결
저녁강이 흐른다

가을 운(韻)

보릿고개
타고 넘어
가을 따라 오는 바람

익어가는
벼이삭
일렁이는 황금빛

농심을
조롱하듯
허수아비 등을 타고

저들만의
세상인 듯
조잘대는 참새들

흘린 땀만큼이나
고개 숙인
영근 이삭

연평해전

산화한
혼령들
넋을 싣고 떠남에

파도가
일렁이며
고동소리 소리 높고

물목 뱃전
갈매기도
슬픔 겨워 우는가

물길 속
해전영웅
볼트 수치 높은 명예

영영 살아있음이라

여치의 베틀소리

부시도록
맑은 하늘
물감 풀어 일군 산하

이름하이
가을산

풀숲 고요
정적 깨고
묻어나는 베틀소리

올올마다
감미로와

97

쫑긋 세운
귀뚜라미 소리귀

달빛주

이태백이
지고 가던
술항아리 내려놓고

돌방석
너럭바위

행마다
넘나들며 뿌린 시혼
소리소리 천년 숲은
오늘도 울창한데

차린 술상 소반 위엔
낚시 던져 건진 월척
안주삼아 올려놓고

달을 갈아 담근 술
달빛주라 했던가

이태백이 읊은 풍월
가슴에도 명월 뜨고

| 최중기 여섯 번째 시집

달빛주 주안상에
무르익는 홍취
잊고 싶은 밤의 길이

99

마지막 잎새

모두
떠난
빈 가지

가지마다
벗은 옷깃
한 철 맺은 인연

잎 지는 세월 매듭
움켜쥐고 나부끼는
한 잎 가랑

무서리 메고 와
풀어놓는 서릿발이
이만 털고 떠나란다

빨래하는 가을 여심

강자락
베고 누워
잠에 빠진 너럭바위

방석처럼
깔고 앉아
빨래하는 가을 여심

찌든 삶
헹궈내는
찰랑찰랑 물질 소리

돌아 흐르는
물길 둘레
가르마 타는 물잠자리

물길 치며
추는 춤
설레는 추심(秋心)이다

서릿발

끝물 풀어
물살 일 듯
쪽물들인 색색색

산내들
감아 돌고
후미진 갈잎 그늘

발돋움 재는
서릿발에
늘어진 풀숲 잎

삼동(三冬)을
품은 바람
초겨울을 재촉한다

초겨울 입문

가을빛
끝물 풀어
색색 들인 단풍잎

기우는
햇살 아래
싸늘한 서릿발

까치발하고 서서
시린 발
동동동

곧 올 삼동(三冬)
기별 알리는
몸짓이다

계곡

졸졸졸
맑은 가락
새벽길 트는 계곡

게거품
보글보글
바위 틈새 이끼 돋듯

피어오르는
시(詩)의 노래

소리 운(韻)도
살아나는
싱그러운 물맛 향내

가을녘

초록 숲
물질하던
하늬바람 떠나고

잦아드는
무서리에
가지마다 벗는 옷깃

울먹이며
나부끼는
가랑 한 잎 몸부림이다

빈 들녘 한 켠에는
이삭 줍는 참새떼들
지즐대는 가을녘

무서리
녹여내는
한낮 햇살 따사롭다

갈잎 쪽배

샛강
수면 위
가을이 둥둥둥

세월자락
걷어 신고
삿대도 없이

곧 올
첫눈에
쫓겨 가듯

정처 없이
떠나는
미지의 마지막 길

다음은
어느 강산에
단풍잎을 피우려나

까치밥 · 2

초가집
지붕 위
가지 솟아 붉은 감

까치입질
달구는
눈 덮인 홍시 하나

때깔 고운
먹거리라

이리 저리
살피는
허기진 눈빛이다

107

눈 내리는 밤

눈 내리는
하얀 밤
호두 까는 꿈으로

설설 끓는
찻물소리
잠도 설친 밤

시심도
녹여 푸는
따뜻한 감로수

다향이
솔솔 피는
순백의 하얀 밤

눈에 겨운 생솔가지

무게 겨운
생솔가지

솔잎 숲
끝자락
등을 타던 눈송이

간간
툭 툭 툭

끝내 겨워
터는 가지

109

상추모종

수태를
꿈꾸는
소리 없는 봄맞이

풀어 헤친
봄비
촉촉한 이랑 위를

허리 굽혀
정 주고
두엄 주고 북을 주며

바늘귀
색실 꿰듯
포기 포기 줄 파종

진녹색
일렁이는
텃밭 봄바다

110

호연지기

청솔 산빛
골바람
감아 도는 산자락

배꼽길
주름 접어
단숨에 산정에

눈 밝혀
품은 산하
모두가 지척인 듯

누대로
이어온
천년 노송 솔숲 둘레

산이마
거머쥔
노송의 침묵 속에

들리는 듯
호연지기
산정에 있다란다

송내천

깊은 잠에
빠진 바위
이끼 빛 맘껏 놀고

천년 꿈
품은 솔
태산 목으로 커간다

오대산
소리울
숲속 산 깨쳐가며

경포호
돌아돌아
흘러 닿는 동해바다

제6부

천둥번개

가뭄에
타는 논

헉헉대는
촌로의 한숨소리

비구름
바라기에
숲숲마다 늘어진 목

한바탕
장단 맞춘
천둥 번개 내림굿

하늘 문
열어제쳐
물꼬 트는 비 소식

모란꽃

낮달도
졸고 있는
한낮 중천인데

오는 계절
밝히는
등불이거늘

어느새
날아든
벌나비

꽃술에
머리 박고
싹쓸이에도

늘상
그랬듯이
여유로운 미소만

초록 물빛 물 파장

여울 굽이
돌고 돌아
물베개 베고 누운

초록 물빛
수면 위로
잔잔히 모인 고요

간간
물바람이
띄우는

물수제비
터는 깃에
물파장이 미소롭다

송락사 범종소리

한 줌 햇살
그늘 줍고
심산유곡 맑은 계곡

도리치는
천년 고찰
범종 운(韻) 소리결

풀숲고개
넘나들며
언뜻언뜻 스친 김에

솔바람
등을 타고
풀어내는 송홧가루

잡초이랑

실낱같은
목숨 붙여
뿌리 내린 흙담 머리

후미진
햇살 밭

아침이면
밤새 이슬
듬뿍 진 풀섶 자락

실바람과
손잡고
물기 터는 잡초 이랑

물놀이

물장구
가락 따라
시원한 자맥질

부서지는
물거품

물꽃도
함께 피고

호박순

파종이
엊그젠데
가파른 돌담 벽

놀랍다
돌담머리
가냘픈 순

위대한 힘
그 비상을

담머리
메고 누워
수태를 꿈꾸는가

꽃피우고
볕들면
올 듯한 벌나비

120

노을바다

불그레 빛
깃을 편
동녘 하늘 수평선

머리 풀고
오르는
노을빛 꽃구름

출렁이는
물결
불타는 노을바다

만선의
고깃배
귀갓길 서두르고…

샛강 물소리

소리 자자
메기 웃음
달빛 비친 수중 야밤

게거품
보글보글
뛰고 나는 물방울

송이송이
퐁퐁퐁
거품꽃으로 피어나

졸졸졸
그리움 짙게 배인
경쾌한 가락이다

군자산 토담집에서

누가
손짓한다 해서

정 두고
갈 수 있겠소

자자한
물소리 우러나는 저녁강
속삭이는 여울물

새소리
담은 귀뿔
가락 풀어 띄우며

흙내음 토담집
주안상 차려놓고
밤이면 달빛 갈아

담근 술
벗하며
그저 그렇게 살라 하오

오월의 서정

산허리
도는 바람
오월의 숲 흔들어

숲숲마다
빛살 일고
골 가득 초록 물결

아지랑이
산안개
바람 길로 사라지고

하늘 솟는
소용돌이
오월의 서정이다

청평호반

주름 없는
오목보

보다
넓은 파란 꿈
구곡 물길 굽이돌아

얼비친
푸른 호수
고루고루 보듬코자

물빛 쪼는
파랑새도
깃을 치며 울어 나는

하늘 고인
푸른 호반
모두 모두 푸름 일색

이름하여
청평 호수

그늘 속 쪽빛 점점점

하늘가
이글이글
불볕 태양

쏘아대는
불화살
날은 더워 찜통더위

초록잎도
지쳐 눕고
물소리도 작아지는…

빛살도
내리다가
더위에 겨워

바람 솔솔
부채질에

그늘을 베고 누워
땀을 식히는
쪽빛 점점점…

선창가

뻘밭길
끝자락
정박된 선박 위

갈매기
날갯짓

출어준비
무르익는
그물 손질 바쁘다

새벽잠도
없는지
괜히 와서

127

귀찮게
건들대는 갯바람

해돋이

먼 하늘
우러러
떠오르는 아침 햇살

수평선
능선 아래
잔잔한 새벽바다

물무늬
주름 펴고
빛길 여는 쪽빛 노을

온누리
잠을 털고
새로 맞이 마중길

등대 불빛

활짝 핀
부챗살
떠받친 수평선

푸른 바다 동해는
발그레
물이 들고

출렁이는
파도 이랑
가르는 등대 불빛

만선의
길 안내

여울목 쪽물 가락

왕방산
깊은 골
숲 속 고요 깨어나

물안개
솔솔이는
흘러 닿는 한 줄기

물을
밟고
오르며

여울목
쪽물 가락
줍고 있는 물새 몸짓

130

소요협곡

소요협곡
물굽이
물 가르며

제 몸 깎아
지른 바위

오직
한 길
버티고자

물길 따라
굽굽이
감아 도는 바위벽

협곡으로
거듭나
만년세세 선경이다

최중기 여섯 번째 시집

물목턱 여울목에서 삶을 헹구며

•

지은이 / 최중기
발행인 / 김영란
발행처 / **한누리미디어**
디자인 / 지선숙

•

08303, 서울시 구로구 구로중앙로18길 40, 2층(구로동)
전화 / (02)379-4514
Fax / (02)379-4516
E-mail/hannury2003@hanmail.net

•

신고번호 / 제 25100-2016-000025호
신고연월일 / 2016. 4. 11
등록일 / 1993. 11. 4

•

초판발행일 / 2017년 1월 12일

•

ⓒ 2017 최중기 Printed in KOREA

•

값 10,000원

•

※잘못된 책은 바꿔드립니다.
※저자와의 협약으로 인지는 생략합니다.

•

ISBN 978-89-7969-734-6 03810